JN151156

京阪電鉄賞
また会えた
約束なしで会える場所
hagumi 44歳 滋賀県
大津商工会議所賞
駅名を見ただけで、
君との時代に戻る俺
谷本 良裕 61歳 徳島県
近江勧学館賞
あなたの駅で降りてみた
同じ景色を見たかった
長谷川 彩春 20歳 東京都
君への気持ちは、
黄色い線まで下がれない。

電車がやさしく揺れるたび　君を支える夢を見る

ものくる　東京都

この駅から　鼓動が　車輪の音を追い越した

奥の細道　大阪府

君への気持ちは、黄色い線まで下がれない。

鎌田 南帆 滋賀県

白熱灯がこっそり照らす駅舎の僕ら

前田 彩子 大阪府

君のいない春が告げる、君が年上だってこと。

真弓 愛理｜東京都

電車って、恋が芽生える温室かもね。

志村 紀昭 愛知県

たった2両の空間に式部も書けない恋がある。

中野　結衣花　滋賀県

出発と共に心が動き、
停車と共に覚悟を決める

野澤　佳奈　東京都

君に会った時新しいレールが僕の中にしかれた

川端　章人　静岡県

里帰り昔と同じ電車に会って　初めての恋が蘇る

田島　明彦　福岡県

一人だと長い　二人だと短い　同じ距離なのに
あずま　京都府

電車の中で私は揺れてもこの想いは揺れないの

中澤　穂香　群馬県

窓の外　思い出の故郷に別れを告げて　新たな旅へ

佐藤　南海　青森県

寒い冬 駅で待つ貴方の姿に プラス2度

小川 ともみ　滋賀県

流れる景色、揺れる思い、止まる時間

栗邊綾実　福岡県

第12回

青春21文字のメッセージ

はじめに

琵琶湖に沿って走る、沿線に学校の多い京阪電車石坂線の駅数21にちなんだ「青春21文字のメッセージ」第12回受賞作品をご紹介します。テーマは「車窓」「部活」「記念日」。「21文字」という新様式の文芸表現で、それぞれの作品には思いのこもったことばが光る、〝はっ！〟とするドラマがあります。

これまで毎年１００作品ずつが選ばれ発表をしてきました。11年で１１００のみずみずしい感性の作品が生み出されてきたことになります。今回はその中から21駅の沿線風景や路線の特徴、季節にぴったりの作品を写真とともにならべてみました。心に響く作品を見つけたら、大切なことを思い出す時間に浸って下さい。そして、その響きが滋賀県を訪れるきっかけになれば幸いです。

目次

21文字プロジェクトとは

「京阪（石山坂本線）は向かい合わせの席が青春ぽいから好き！」。沿線の女子中学生の言葉です。この何気ない言葉からこの活動は生まれました。沿線に数多くの学校があり、大津市で琵琶湖に沿って走る京阪電車石山坂本線は青春路線。その駅数21に因んだのが「青春21文字のメッセージ」です。２００６年にスタートした第1回から最終審査員をお願いしています俵万智さんも、学生時代には路面電車で通学されていて、毎回素敵なコメントをいただいています。

今回から協力いただく団体・企業が増え、活動は滋賀県域に広がりました。電車から生まれたこの活動は、入口「交通」、切り口「文化・文芸」、出口「観光」を合言葉に、滋賀県発の新しい独自文芸が、心豊かなまちづくりにつながることを願っています。

21文字のメッセージ　これまでの軌跡

２００１年：大津のまちづくりについて、行政からの呼びかけに応じて市民団体が、「京阪電車石坂線」をまちづくりの一つのテーマとして提案

２００３年：石坂線21駅の顔づくりグループとして活動開始

２００６年：第１回「電車と青春　21文字のメッセージ」事業開始

２００７年：企業とＮＰＯの協働を顕彰する「第５回パートナーシップ大賞」グランプリ受賞

２００８年：あしたのまち・くらしづくり活動賞　内閣官房長官賞受賞

２０１２年：ＮＨＫ大津放送局の地域発ドラマ「石坂線物語」に「21文字メッセージ」が原作として使用され３編の単発ドラマが製作された。

２０１５年：10年目を迎え「電車と青春21文字プロジェクト」を結成。クラウドファンディング、ＮＨＫとの連携（番組「あほやねん好きやねん」）など、10周年記念事業を実施。

２０１６年：文化・経済フォーラム滋賀～文化で滋賀を元気に！賞～　大賞「青春メッセージ賞」受賞

２０１７年：「電車と青春21文字プロジェクト」として、次の10年を目指して活動開始。大津市との協働事業で行う

２０１８年：滋賀県との連携で県内の公共交通（近江鉄道）にも活動が広がる

これまでの応募数

第1回（2006年度）2355点（47都道府県）
第2回（2007年度）2621点（〃）
第3回（2008年度）2017点（〃）
第4回（2009年度）1903点（〃）
第5回（2010年度）1905点（〃）
第6回（2011年度）2948点（〃）
第7回（2012年度）3042点（〃）中国、アメリカからも
第8回（2013年度）3778点（〃）スイスからも
第9回（2014年度）5048点（〃）韓国、フィンランド、シンガポール、アメリカからも
第10回（2015年度）4603点（〃）
第11回（2017年度）4999点（〃）イギリスからも
第12回（2018年度）4527点（〃）

第12回

受賞作品

滋賀県知事賞

黒い窓ガラスに写る君は街灯の真珠をつけていた

堤　夏海（滋賀県　17歳）

【俵さんの講評】

映像が、くっきり浮かぶところが魅力です。「街灯の真珠」という表現が素晴らしいですね。過去形が、思い出の写真のような切なさを出して効果的です。

大津市長賞

この恋が電車なら行き先もわかるのに

アダニヤ（宮城県　25歳）

【俵さんの講評】

行き先がはっきりしている電車の特徴が、うまく生かされました。先行きの見えない恋愛の不安が、いいさしの表現で伝わってきます。

青春賞

とまるすすむのくり返し恋も電車もくりかえし

三石　梨花（東京都　18歳）

【俵さんの講評】

ストレートでリズミカルな表現がいいですね。恋と電車の重ね合わせが、見事にきまっています。

さわやか賞

いつも同じ席に座る理由が私と一緒ならいいな

藤本　奏子（神奈川県　26歳）

【俵さんの講評】

私がいつも同じ席に座る理由は、きっとあなたに会いたいからなのでしょう。では、あなたは？　遠まわしに伝わる思いが、とても爽やかです。

ユーモア賞

眠る君に抱き締められた、野球カバンが羨ましい。

大葉　寛子（愛知県　32歳）

【俵さんの講評】

できるなら野球カバンに替わりたい…その発想がユーモラスですね。君が、いかに爆睡しているかも、うまく描写されています。

近江勧学館賞

受験の日、慣れない電車に夢と一緒に乗る

近藤　己順（大阪府　35歳）

京阪電鉄賞

去年は泣いたこの駅も、今年は笑った最高の駅

川島　大岳（滋賀県　14歳）

近江鉄道賞

スマホを忘れた日、車窓の外を初めて見た日

古泉　晴香（滋賀県　19歳）

大津市立日吉中学校（滋賀県）

早稲田大学系属　早稲田佐賀高等学校（佐賀県）

入賞作品

初めて席を譲られた　若さ眩しくほろ苦く

あかり姫（神奈川県　66歳）

目の前に藤村を読む人座り　その一月後初恋を知る

荒尾　洋一（宮崎県　67歳）

冬の終電に曇る窓、書いた君の名が泣き出した

大野　正寛（三重県　39歳）

わざと一本遅らせた　ふたりっきりの帰り道

岡本　桃果（大阪府　19歳）

電車に忘れた君の忘れ物、一緒に届ける僕の思い。

重田　颯（滋賀県　14歳）

窓を鏡に前髪なおす　次であなたが乗ってくる

冨永　萌（大阪府　21歳）

またねで別れる切ない駅　今はただいまいえる駅

南雲　伸子（埼玉県　34歳）

『また明日』卒業すれば『またいつか』

林　花音（東京都　17歳）

景色を見るふりして、左右逆の君を見ている。

松本　俊彦（京都府　54歳）

今は隣にいる君を駅名で呼んでいたあの夏の蝉の声

丸山　由生奈（東京都　21歳）

向かい合うホームに立たずむ君に打つメール

峰岸　佐千子（群馬県　53歳）

君と揺られ、ポップコーンみたいに恋が弾けた日

三好　由佳（愛媛県　37歳）

話したいこと 思い付くのはいつも 君が降りた後

山本　太智（東京都　19歳）

エコ交通の推進について

「エコ交通」と聞いて、どのようなイメージをもたれるでしょうか。「エコ交通…？　公共交通だけで生活するなんて無理だし、自分には関係ないな。」と思われる方ももしかしたらいらっしゃるかもしれません。

ご安心ください。「エコ交通」は「どんなとき」でも、「どんなところ」でも、「だれ」でも、「やる気」さえあればできます！

ちょこっと「エコ交通」を実践してみることで、自然もきれいになり、人とのつながりや会話も生まれ、健康にもなり、なおかつ公共交通も利用しやすくなる…かも。

毎日取り組む必要はないんです。「たまには電車やバスで出かけてみようかな」「いつもは車だけど、天気がいいし自転車でお出かけしてみようかな」「おいしい駅弁を食べながら景色のいいローカル線の旅でも…」エコな交通には、さまざまな楽しみ方があります。

この本を手に取っていただいた皆様、これをきっかけに、「エコ交通」をちょこっと始めてみませんか？

滋賀県土木交通部交通戦略課

入選作品

窓に映った君の横顔 隣の君より おとなに見えて

青い桃（千葉県 18歳）

この区間、空いていても立ってしまう懐かしさ

青木 知恵（東京都 45歳）

弓を負う制服姿に　車内の空気　凛とする

あきよしみねこ（山口県　41歳）

すやすやと　眠る我が子に　車窓の光

東　房子（大阪府　70歳）

揺れるからそう言って手をつないでくれたキミ

あまね（大阪府 40歳）

二人きりの駅ベンチ、夕陽が隠す赤いほっぺ。

荒木 光弘（東京都 62歳）

自撮りするふりして　白球を追う君〝バシャリ〟

石崎　勝子（広島県　71歳）

君の名を　教えてくれたクラブバッグの刺繍糸

泉川　一華（神奈川県　31歳）

次で帰るね。この台詞三回目のホームのベンチ。

伊藤　拓海（東京都　20歳）

微笑まれ　余りの嬉しさに　ただ会釈する

岩井　壮介（奈良県　76歳）

部活帰りの君との会話　途切れ途切れの各駅停車

岩城　正英（鹿児島県　41歳）

君のアタック。私の心に打ってくればいいのにな

大塚　未来（神奈川県　18歳）

彼女から?・スポーツバッグに揺れるマスコット

大西　麻里江（京都府　28歳）

私の青春全て部活にささげた、　ああ恋したかった

大西　凛花（滋賀県　15歳）

涙を溜めて　眺める景色は水彩画

岡村　菜津子（千葉県　16歳）

車窓に映る君の顔、　吊革にもたれて盗み見る。

小田中　準一（千葉県　66歳）

ガタンゴトン肩を寄せ合うジャージ姿の眠り姫たち

笠井　真理子（東京都　44歳）

車窓に映る君と目が合う　外の景色を塗り潰して

片倉　潤樹（佐賀県　16歳）

言えなくて窓越しに同じ本読む君に笑む

門田　睦月（福岡県　36歳）

定期券も休みなし、部活に向かう休日ダイヤ

金子　美羽（佐賀県　16歳）

母の日の花を片手に電車降り感謝と愛に満ちる

河合　隼人（滋賀県　13歳）

きみと同じ名前の駅の切符を窓に立てかける

川島　裕子（岡山県　30歳）

ゆるやかな　カーブがうれしい　触れる肩先

川澄　と貴子（茨城県　85歳）

部活と勉強の両立に、割り込み乗車してきた君。

川平　陽子（宮崎県　58歳）

「あ、月!」偶然声が重なった恋の始まり映る窓

きょっぴ（福島県　70歳）

前髪!・姿勢!・要確認!・夜の帰り道窓と私が対話する

草野　百花（神奈川県　20歳）

車窓に映る君を見てニヤける私に友が笑う

楠本　心愛（滋賀県　16歳）

あなたが降りてあなたの吊り輪に外す手袋

栗本　由依（愛知県　29歳）

私の想いは厚さ5ミリのガラスを越えられますか

後藤　尚（千葉県　25歳）

君といられる十七分　甘く苦い　私の青春

小林　珀夕結（滋賀県　12歳）

用はないけれど、つい回り道して帰る君の最寄り駅

小林　ひなた（神奈川県　19歳）

車窓の額縁と背景に、君の笑顔が良く似合う。

小林　寛久（三重県　31歳）

偶然だねと言いたくて 部活後全力 駅までの道

小林 由芽（茨城県 22歳）

朝練、自主練、全部嘘 始発の君に会うための

こまっちょ（埼玉県 34歳）

旅立つ君を見送った15の春　入場券のこの日付

佐藤　健（北海道　58歳）

うたた寝の　君ならずっと　見つめれる

重信　早希（佐賀県　16歳）

髪切って　君に笑われ　週明けの駅

志澤　奈穂子（神奈川県　41歳）

窓枠の中で目が合う　照れるねと君が言う

芝楽みちなり（東京都　28歳）

「開く」ボタン押してほしいけど言えなくて

渋谷　史恵（宮城県　51歳）

座って見えた紫陽花で昨年の今日を思い出す。

鈴木　沙弥（東京都　19歳）

踏切のバカバカ！遮断機の向こうに彼がいる！

瀬戸ピリカ（神奈川県　53歳）

電車に乗り込む3秒前、表情、髪の毛、心の準備。

高橋　咲乃（東京都　18歳）

触ること許さぬように竹刀を抱いて君眠る電車

田中　克則（和歌山県　39歳）

あれから十年　変わらぬ駅舎　おかえりと君笑う

田中　浩温（兵庫県　55歳）

「またね」ドアが閉まってから気付く、私の赤い顔

刀根　佳奈美（滋賀県　15歳）

背番号が知りたい、バッグの中のユニフォーム

中井　康司（京都府　65歳）

この景色　見えたら次は　あなたが待つ駅

中島　梓穂（長野県　23歳）

車窓から　毎日好きと言ってるのに　鈍感なあなた

中野　有香（奈良県　22歳）

夜の車窓に映る君の姿をこっそり眺めてひとりじめ

中部屋　一希（和歌山県　18歳）

車窓越し　琵琶湖を羽織る　彼女　みっけ

鳴海　憲司（滋賀県　69歳）

乗るはずの電車を何本も見送る二人

のみのみ（愛知県　40歳）

手話が出来たらいいのになって窓越しに思うよ

萩原　郁実（愛知県　23歳）

元気でね笑顔で言ってふり返る窓に映った君の泣顔

橋本　拓洋（和歌山県　17歳）

墨でよごれた手が目立ちあわててかくす電車内

深見　陽菜（滋賀県　15歳）

もう降りることない駅の名と君を心に焼きつけて

洞口　絵里（神奈川県　48歳）

車窓では　夕立ち斜め　平行線

本田　しおん（東京都　27歳）

何読んでるの　この一言が口ごもる

前田　哲（京都府　59歳）

汗だくでとび乗る君を置いたカバン寄せて待つ

牧野　祐子（秋田県　66歳）

ボロボロの部活帰り、君から遠く離れて座る。

舛田 美子（熊本県 60歳）

せっかく目があったのに何でよそ向くバカな俺

松末 哲也（兵庫県 55歳）

猛練習　今日は二駅　寝過ごした

松永　智文（愛知県　35歳）

同じ駅で降りた君。笑顔の先には改札で待つ彼

まるまる（愛知県　24歳）

花束胸に駅に立つ、電車通勤最後の記念日

水田　博之（滋賀県　62歳）

車窓の景色君への思い色あせず

湊　弘（京都府　54歳）

前髪切りすぎた。今日からしばらく先頭車両へ

宮内　寛美（神奈川県　51歳）

ホームに立つ彼　車窓がもっと広いといいのに

宮島ムー（滋賀県　34歳）

向かい合う君と目が合う瞬間に寝たふりをする

宮島　理沙子（佐賀県　17歳）

車窓から彼を探した、もう卒業しているのに。

宮本　みづえ（大阪府　68歳）

彼女に肩を貸し 私の降りる駅は もう過ぎ去った

宮脇 悠人（滋賀県 19歳）

移りゆく景色眺めても 視界の端に君いつもいる

村上 三佐子（奈良県 73歳）

車窓に泣き顔、気づかないふりして手を繋ぐ夜

村川　歩里（大阪府　21歳）

席ゆずるけど　あなたへの想いは　ゆずれない

望月　花林（滋賀県　35歳）

つり革を放し、みんなで体幹を鍛えた停車前。

森　惇（千葉県　35歳）

旅立つ日　窓に映る　少し凛々しい私

森田　洋介（千葉県　27歳）

列車が刻む四拍子、サックスの音乗せてみる

杜月　玲（鹿児島県　53歳）

満員でもあなたを見つける　私だけの特殊能力

山崎　恵美子（福井県　25歳）

「また明日」改札の奥で振り返る君が 愛しくて

湯浅 縦一（奈良県 29歳）

定年の朝ゆっくり流れる車窓の景色を追いかけた

横手 敏夫（埼玉県 64歳）

普通の日を特別にしたあなたはきっと魔法使い

りーぬ（京都府　24歳）

21 文字メッセージ審査員コメント

季節だけでなく、音や匂いも含め、情景が目に浮かぶ作品が多く、審査の過程では、すっかり忘却していた自分自身の過去の出来事を突然思い出すことが多々ありました。改めて、言葉の持つ力を感じつつ、楽しく審査させて頂きました。今年も多様な作品に接する機会を頂き、感謝申し上げます。

（大津市副市長：井村 久行）

今年も様々な情景が思い浮かぶ力作がそろいました。応募された方の年齢も様々で、改めて「青春」という色あせることのない言葉の広がりを感じます。それ以来、電車を待つホームでの過ごし方が変わった気がします。素敵な作品をありがとうございました。

（日本放送協会大津放送局局長：丘 信行）

今回も沢山の方々から、21 文字のメッセージをいただきました。クラブ活動、恋、ご家族への想い等、様々な情景を表現された素晴らしい作品ばかりでした。特にご家族への想い、とりわけお母さまへの感謝の心を表現された作品は心に響きました。昨今、失われつつある大切なことに改めて気付かされ、あたたかい気持ちにさせていただきました。ありがとうございました。

（叶 匠壽庵代表取締役社長：芝田 冬樹）

たくさんの応募作品を読ませていただいているうちに、自分自身や周囲の甘酸っぱい恋愛エピソードを思い出し、共感し、私達の心は一気に青春時代にタイムスリップしました。「21 文字のメッセージ」のおかげで、清々しい気持ちになることができました。気持ちを素直に表現し、又、周りの人達にも温かい気持ちにさせてくれる取り組みが永く続きますよう祈っています。

（大津商工会議所女性会）

決められたテーマながら本当に沢山の応募があり、驚いております。作品は甲乙つけがたいと言うか、表現方法がどうあれ、皆さんの大切な思いが込められているのがよく分かりました。拝見しながら私自身も自分の若き時代を思い起こし、思わず涙ぐんでしまったりということも。特に学生の方だけでなく、年配の方が古き良き思い出に浸りながら創作しておられる情景が浮かび、「青春に終わりはない」と感じた次第です。

（滋賀トヨペット 常務取締役 総務部長：小澤 信之）

青春の甘酸っぱさ、ほろ苦さ、はかなさがたっぷり詰まったメッセージをいくつも拝見して、「うん、その気持ちわかる」と何度もうなずきながら審査させていただきました。少ない文字数の中で情景が浮かび上がるような作品、青春っぽい躍動感を言葉のリズムに込めた作品、想像力をかきたて21文字の向こう側へ連れて行ってくれる作品たちに出会った時、ちょっと幸せな気分になりました。

（毎日新聞大津支局長：濱 弘明）

青春の今を詠んだもの、過去の思い出を詠んだものなど、限られた文字数でありながら、その時の情景をうまく表現している句が印象的でした。短歌や俳句のように決まった文字数の区切りではなく、それぞれ異なる独特のリズムとなっているのも句自体を印象深いものにする一役を担っているのでは。思い出、情景、心情などの何かを、21という限られた文字で表現する、21世紀の文芸の一つとして根付いていってほしいと思います。

（滋賀リビング新聞社編集長：山本 和子）

総　評

俵　万智

今年は、特に若い人の健闘が目立ったように感じます。ＳＮＳなどで、短い言葉で表現することが多くなり、それがよいトレーニングになっているからかもしれません。電車という限られた舞台なので、似たような素材のものが多くなりがちですが、入選作は、そこから先、一歩踏み込んだ工夫が光りました。

プロフィール

歌人・俵　万智（たわら　まち）

早稲田大学卒。1986年、作品「八月の朝」で第32回角川短歌賞受賞。1987年、第一歌集「サラダ記念日」を出版、ベストセラーとなる。翌年、「サラダ記念日」で第32回現代歌人協会賞受賞。2004年 評論「愛する源氏物語」で第14回紫式部文学賞受賞。第四歌集「プーさんの鼻」で2006年 第11回若山牧水賞受賞。歌集の他、小説、エッセイなど著書多数。最新刊は「牧水の恋」。

これまでを振り返って

これまでを振り返って

最初は、青春時代同じ電車に乗っていた人たちの経験の中には甘酸っぱい出会いも別れもあったろう。そんな思いを集めてみたら、という思いつきで始まり、10年間は副題に「初恋」を表していました。電車の車体に優秀作品をラッピングという、秘めた気持ちを表に見せる手法も人から共感を得ていたとも言えます。同時に、電車という独特の空間ならばこその車内と車外で同じ時間を共有する、駅という固定点が格別の役割を果たすなど、電車が「感動を拾う存在」であることが見えてきました。毎年テーマを設定してきましたが、例を挙げれば「ありがとう」というテーマで多いのは「席」、譲る譲られるの電車内ではこその感動です。電車のドアは、旅立つための扉でもあります。言い古された言葉ですが、たかが10年されど10年。この年月が電車という社会的装置が、胸キュン、感謝、希望を育むゆりかご装置でもあることを気づかせてくれました。

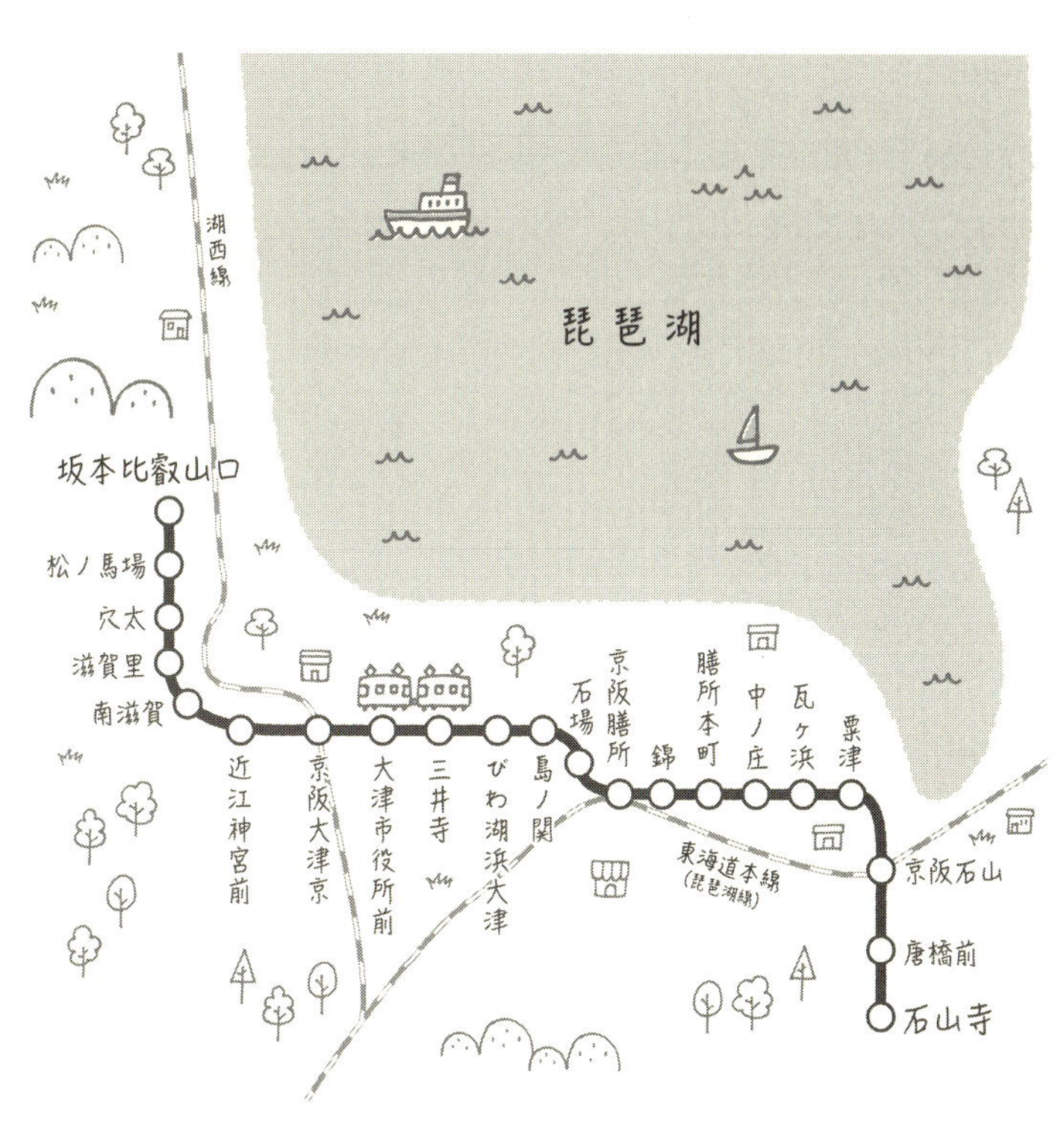

10年の節目を迎えた時、「21文字という独特のリズム」が生まれていたことに着目すると同時に、より多くの場所で多くの人に感動を伝えることが街の魅力づくり、観光にもつながると意識して次の10年に踏み出すことに致しました。

石山寺（いしやまでら）

二人きりの車両　照れ臭くて
わざと端と端に座る

高木　はるか（長野県）

たった2両の空間に式部も
書けない恋がある。

中野　結衣花（滋賀県）

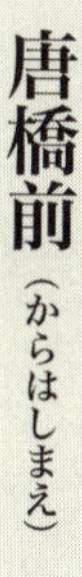

唐橋前（からはしまえ）

人生が 電車のように
往復できたならー。

松尾　礼子（千葉県）

降りる駅ひとつ伸ばし、
初めて見る恋の景色

川島　裕子（徳島県）

京阪石山（けいはんいしやま）

初登校半信半疑で乗る電車
やっぱり逆に進んだ

齊藤　真希（滋賀県）

電車で見に行く花火。
今年は父が空にいる

今井　大介（京都府）

粟津（あわづ）

運転操作を見続け覚えた、
少年の日々。

近藤　重昭（滋賀県）

ひとつ前で降りてみた
あなたの街を歩いてみた

伊藤　圭子（岩手県）

瓦ケ浜（かわらがはま）

「この先揺れます」
君への気持ちを予告され

福井　識章（神奈川県）

その日から なにげない駅が、
「君の駅」に

komasen333（愛知県）

中ノ庄（なかのしょう）

お年寄りに 席譲る君
君に惚れるオレ

岩田 敏英（茨城県）

電車の音を聞くたび
父の帰宅をカウントダウン

小野 史（東京都）

膳所本町（ぜぜほんまち）

電車が少し揺れる
二人の鞄がそっとキスをする

竹内　喜一（大阪府）

放課後デート。
二人で歩く駅までの5分間。

松本　良恵（山形県）

錦（にしき）

スマホがなくてもよかった
きみを駅で待つ昭和

中川　潔（福井県）

はじめてのていきで
ひとりがっこうかよえるよ

にしやま　あいり（滋賀県）

京阪膳所（けいはんぜぜ）

好きもさよならも 同じ駅。

山下　祐輝（東京都）

あカンあカンと聞こえる
踏切り音　テスト1日目

赤木　夏帆（滋賀県）

石場（いしば）

自転車の横顔見たくて
今日も一本早い電車に

押田　明子（埼玉県）

約束の駅 電車が停まり
僕の心が走り出す

松山　宏己（滋賀県）

島ノ関（しまのせき）

朝ふたえきがもどかしい、
夕二駅が物悲しい

高玉（愛知県）

声をかけようと席を立ち
できずに降りた途中駅

河井　明彦（埼玉県）

びわ湖浜大津（びわこはまおおつ）

彼待つ琵琶湖へ行く途中
脈拍上がる一駅ごとに

木村　彩乃（京都府）

どうしてるかな？
今もときどき回想電車

西田　育弘（兵庫県）

三井寺（みいでら）

駅舎で君が雨やどり
傘ある僕も雨やどり

西沢　喜文（兵庫県）

ホームで見た秋 声をかけた冬
二人で揺れる春

福田　大志（神奈川県）

大津市役所前

（おおつしやくしょまえ）

毎日乗るこの緑の電車が、
もう一つの学校

西山　春花（滋賀県）

窓ごしに 目と目でかわす
明日また

佐々木　祥子（滋賀県）

京阪大津京（けいはんおおつきょう）

彼女は改札機。
僕の心の切符を吸い込んだ。

河田　周平（富山県）

電車に乗り　あなたを探す毎日が
恋の1時間目

岡本　真美（滋賀県）

近江神宮前（おうみじんぐうまえ）

あなたの駅で降りてみた
同じ景色を見たかった

長谷川　彩香（東京都）

あと2分　走って乗った十七
もう走れない五十三

伊藤　邦代（滋賀県）

南滋賀（みなみしが）

電車の窓から君と見た夕陽
今は娘と眺めてる

奥川 美和（和歌山県）

寝過ごして目覚めて居たのが
今の妻

鎌田 誠（北海道）

滋賀里（しがさと）

うろこ雲 電車の窓に
レース編む

本田 しおん（東京都）

夜の電車 水族館の水槽を
見上げる彼を思い出す

工藤 菜摘（千葉県）

穴太（あのう）

無人駅　君と僕だけの
パワースポット

さごじょう（愛知県）

「穴太駅」が読めちゃうのは、
君のせいだよ。

竹千代（千葉県）

松ノ馬場（まつのばんば）

手話っていいな
ホームが違っても会話ができる

阿辻　心（滋賀県）

桜舞うホーム
きれいな髪に 花一輪

平泉　彩吹貴（岩手県）

坂本比叡山口
（さかもとひえいざんぐち）

電車間もなく 発車します
告白の方 お急ぎ下さい

平松 泰輔（北海道）

ホームから手を振る母に
小さく指振る16歳

山本 佳織（東京都）

過去の受賞者の声

過去 11 回の公募では、1100 の入選作品が生まれました。毎年応募される方、何度も入賞されている方、高齢期の楽しみとして応募を続けておられる方などからの、それぞれ思い出深い作品とその時の思いなど、これまでを振り返ってもらいました。

●竹内喜一　大阪府

第9回大賞『電車が少し揺れる　二人のカバンがそっとキスをする』

『好きな人と同じ』だけで幸せな気分になる。

同じ時間、同じ電車、同じ私物……。

仲良くなって、さらに距離が近くなる。

同じ車両、近い座席、空気感……。

思いもよらず、電車が強く揺れた。

ぶつかるように二人が接触した。

「ごめんね、大丈夫?」と聞きながら、二回目の強い揺れを期待した。

嵐が去った後のように、その後電車は優しくなった。

好きな人は窓の外を見ていた。

僕は優しく揺れる電車が、鞄だけを触れ合わせるのを見ていた。

そんな過去の実話から、鞄が触れ合うことをキスと比喩した。

当時、キスをしたことのない僕にとって、あれはまぎれもないファーストキスのように感じた。

●平松泰輔　北海道

第1回はつらつ賞『電車間もなく発車します告白の方お急ぎください』

電車と青春21文字─何て心のこもった公募なのでしょう。

私は公募好きで様々応募してきましたが、最も印象に残る公募の一つです。

そして京阪電車に塗装された
「電車間もなく発車します告白の方お急ぎください」

は、私の公募生活15年の中で、最もお気に入りのコピーの一つです。

あの後、実際に大津線にも乗りに行きました。

札幌にも路面電車はありますが、もっと地元に密着した感じで羨ましく感じました。

実はあの後も毎年応募していますが、なかなか初期の作品を凌駕するコピーが思い浮かびません(笑)。

でも、この賞とこの路線は、私にとって最優秀賞にも勝るかけがえのない財産です。

これからも永遠に全国の人に大津線の魅力を与える公募として続いてくれることを願っています。

●本田しおん　東京都

第1回さわやか賞『うろこ雲　電車の窓にレース編む』

物心ついた頃から、鉄道好きの父の影響で、電車の先頭車輛の運転手さんと線路が臨める窓を私の窓としていました。

私にとってその窓は、まるで主人公の私を馳せらす冒険絵本でした。

「うろこ雲　電車の窓に　レース編む」は、車窓から見たうろこ雲が、母の編む白いレースそのものに…。そんな素直な感受性は、今の私にも嫉妬心を抱かせます。

地下鉄・登山電車・スプリンクラーの水煙・路面電車を堪能させ、遠心力を感じ京津線はゴールの浜大津へ。石坂線に乗り換えると、琵琶湖畔の古い街並みを縫うように走り、年代物のジェットコースターのような車体の揺れは私をワクワクさせ、私を絵本の世界へ…。

このワクワクはどこか懐かしく、私の体を占領しました。

このことは〝忘れかけていた感受性や好奇心を〟との警鐘と受け止めました。

●松川涙紅　埼玉県

第5回入賞『枕木を　2年数えて　降りた恋』

電車は青春の伴走車であり、枕木の音は自分史の青春の序曲である。
・つり革の丸窓に揺れた高嶺の花。
・「あの人は今も沿線の町で達者です」と鉄路を走る古枯らしの便り。
・知り合った、別れもあった、駅前の丸型ポストを撫でて御無事を祈る。
・外孫を改札口で送る時も又、お年玉、お盆玉を握らせる生き仏？丸くなってきた？
・私の此の耳鳴りは青き日の彼の停車場の別れの汽笛…。

時効無き「電車と青春」

●角森玲子　島根県

第8回入賞『恋は電車の中を今日も行ったり来たり』

20代前半の頃、大阪に住んでいました。

2年間ほどだったのですが、月にいちど、滋賀県の養護施設にボランティアに行かせてもらっていて、こちらの電車に乗ったことがあります。

私にとって滋賀と電車は青春の思い出そのものです。

当時好きだった人（片思いでしたが）も一緒にボランティアに参加していて、電車から見える景色を見るふりをして、彼の横顔を見ていました。

車中心の生活で、今はめったに乗らなくなった電車ですが、私のように「電車の思い出」のある方がたくさんおられることと思います…。

「電車」＝「青春」そのものです。わたしにとって。

●田中克則　和歌山県

第6回入賞『電車の窓から探してた あなたの家の白い屋根』

通学に電車を利用していた時はいつも窓の外を眺めていました。そこから2012年に入賞に選んでいただいた『電車の窓から探してた あなたの家の白い屋根』という歌ができました。今は通勤に電車を利用していますが見るのはスマホの画面ばかりです。しかし毎年21文字のメッセージを応募が始まると学生時代に電車に乗っていた気持ちを思い出すことができました。懐かしい気持ちがよみがえり作品を考えることが楽しかったです。結果発表後に多くの入選作品を読み、多くの電車の思い出に触れると電車がただの移動手段でないと思えてきます。電車は様々な思いを乗せて走る大切なものだと気づかせてくれるためにこれからも募集を続けてほしいです。

●木村みどり　滋賀県

第5回入賞『ふと降りたった母校の駅。憧れの先輩思い出す』

「21文字メッセージ」1回目の募集チラシを、石坂線の最寄り駅で手にしてから10年以上になります。毎年この募集の時期になると、高校3年間通学で利用していた時の恩師の顔、友の事、安心感のある心地よい揺れなどの思い出がよぎります。毎朝超満員の電車に駅員さんに背中を押されて乗り込んだこと、交換日記をしていた彼と偶然同じ電車に乗れた時のドキドキ、伝言板のメッセージ。携帯電話のない時代の遠い遠い昔の話です。今も通勤で石坂線を利用してますが、スケート場もボーリング場もなくなった車窓風景に時の流れを実感します。私はこれまで毎年1作品ずつ応募することを楽しみにしてきました。企画しておられる方々、これからも長く続けて下さるよう応援しています。

あとがき

２００６年「沿線に学校が多く青春路線と言える石坂線を活かして、まちづくりに貢献したい」との思いで始まったこの取り組み。今回で12回目の募集となり、応募総数４５２７点、全国47都道府県から応募がありました。国語教材に取り上げていただいた学校も増え10代の作品が数多く寄せられました。教科書に登場する歌人・俵万智さんによる最終審査・選考が、学校の授業で取り組んでいただける呼び水にもなっているようです。その総評では、ＳＮＳなどの短い言葉での表現がよいトレーニングになっているからか、若い人の健闘が目立つと述べられています。また、今回のお題は「車窓」「部活」「記念日」。中高生に身近なテーマであったせいか数多くの学生たちが「部活」を取り上げていました。俵さんも「電車という限られた舞台なので、似たような素材のものが多くなりがちですが、入選作は、そこから先、一歩踏み込んだ工夫が光りました」とコメントされています。

当書では、これまでの入選作品の中から、21駅沿線の写真に合わせて過去の受賞作品を散りばめました。さらに長年応募を続けて下さっている方などに、このプロジェクトへのメッセージを綴っていただきました。「昔の自分の作品の感性に嫉妬する」など10年を超える時の流れとともに、一緒にこのメッセージ事業に寄り添ってくださった言葉が寄せられました。これらの事が私たちの活動の原動力となります。21文字が生み出す「穏やかで温かいつながりの和・輪」、市民活動として長年続けてきたことへの何よりのご褒美です。

昨年はweb上で作品掲載を行いましたが、今年度は作品集を2年ぶりに発行することができました。「本として形のあるものが欲しい」との声もあり、これまでの活動に賛同してくださった「滋賀トヨペット」様の大きな力添えによりこの作品集ができることになりました。また、地元企業の「叶 匠壽庵」様や大津商工会議所女性会の皆様にも協力を得て、プロジェクトチームに心強い応援団が出来ました。

今年は滋賀県のエコ交通推進事業の一環として「マイレール意識」を県民が持って下さることも目指し、交通関係でこれまで通りの京阪電鉄様に加えて近江鉄道様の電車や駅の展示へも広がりました。そして、西武大津店様、近江勧学館様、ナカマチ商店街様も昨年同様展示発表の場です。滋賀トヨペット様をはじめ、この作品集の実現にご協力いただきました方々に心より御礼申し上げます。

２０１９年3月

電車と青春21文字プロジェクト代表 福井美知子

２０１９年の展開

この事業は、電車を舞台として青春を謳うユニークな切り口の文芸として定着してきました。これまでは、京阪沿線、大津市での活動でしたが、長年継続する中、鉄道関係以外の賛同企業も得て、公共交通が生み出す地域文化の構築・発信事業へと進化してきたと言えます。２０１９年は、滋賀県協働提案制度による事業として採択されたことから近江鉄道など、滋賀県域の交通機関へと活動の場を広げることとなります。加えて文化事業として、「青春」「21」「公共交通」をキーワードに文芸のみならず音楽、デザイン、写真などそれぞれの文化分野のプロとコラボしていく計画です。一連の活動で、人々のマイレール意識やシビックプライドにつなげ、入口「交通、」切り口「文化・文芸」、出口「観光」をスローガンに、独自性のある文化発信を目指していきます。

【協力団体・企業】

滋賀県（滋賀県知事賞）

大津市（大津市長賞）

滋賀トヨペット株式会社（ユーモア賞）

株式会社叶 匠壽庵（青春賞）

大津商工会議所女性会（さわやか賞）

京阪電気鉄道株式会社（京阪電鉄賞）

近江鉄道株式会社（近江鉄道賞）

一般財団法人天智聖徳文教財団（近江勧学館賞）

西武大津店（団体賞）

大津商工会議所、まちづくり大津、唐橋焼窯元、株式会社パレット、株式会社ナカザワ　他

共催：大津市

後援：滋賀県

主催：電車と青春　21文字プロジェクト

尼田賢光、石坂線21駅の顔づくりグループ、ＮＨＫ大津放送局局長 丘信行、
大津市社会福祉協議会　大津商工会議所、京阪電気鉄道、滋賀リビング新聞社、
琵琶湖汽船社長 川戸良幸、毎日新聞大津支局、まちづくり大津　ほか

（50音順）

撮影協力：谷本武弘、高田大康

第12回　青春21文字のメッセージ

2019年3月20日　発行

編集・発行・制作／電車と青春21文字プロジェクト
URL：http://www.densyatoseisyun21.com/
E-Mail：densyatoseisyun21@gmail.com

デ　ザ　イ　ン／株式会社京都リビングコーポレーション

発　　行　　所／株式会社コトコト
〒604-8116
京都市中京区高倉通蛸薬師上ル東側和久屋町350
TEL　075-257-7322
FAX　075-257-7360
https://www.koto-koto.co.jp

©電車と青春21文字プロジェクト
ISBN978-4-903822-58-7
無断転写、転載、複製を禁じます。
落丁、乱丁本はお取替え致します。

【青春21文字のメッセージについてのお問い合わせ先】
E-Mail：densyatoseisyun21@gmail.com

※句、文章、文言は、原文のままを使用しています
※この作品集は、「平成30年度 滋賀県エコ交通推進事業費補助金」を受けています。